Gwen ac Arianrhod

· LLEUCU GWENLLIAN ·

Carreg Gwalch

Argraffiad cyntaf: 2025

Rhif Llyfr Safonol Rhyngwladol clawr meddal: 978-1-84527-866-3
Rhif Llyfr Safonol Rhyngwladol elyfr: 978-1-84524-636-5

Cyhoeddwyr:
Gwasg Carreg Gwalch,
12 Iard yr Orsaf, Llanrwst,
Dyffryn Conwy, Cymru LL26 0EH.

Ffôn: 01492 642031
e-bost: llyfrau@carreg-gwalch.cymru
lle ar y we: www.carreg-gwalch.cymru

CYNGOR LLYFRAU CYMRU

Cyhoeddwyd gyda chymorth Cyngor Llyfrau Cymru.

I Awen

Dechreuais nofio eto wythnos diwethaf.

Syniad Mam oedd e ...
"Mi fydd o'n gyfle da i wneud ffrindiau," medde hi.
Soniodd hi y gallwn i gystadlu eto ...
fi'n credu ei bod hi'n poeni amdana i.

Doeddwn i ddim mor siŵr i ddechre,
ond roedd hi mor braf bod 'nôl yn y dŵr eto ...
... roeddwn i'n teimlo fel petawn i'n hedfan.

Ond dwi wastad yn cael fy atgoffa
o beth ddigwyddodd ...
a'r unig beth fi'n gallu gweld wedyn ...

Ydy Non ...

Sori, Gwen bach. Ti jest ddim yn ddigon cyflym.
Fi'n gwybod.
Gwell lwc tro nesa 'li.
Oce ...

As if mai hi oedd y nofwraig orau yn ei hysgol hi ...

3CRICIETH-
AR10 YBY5
Fi'n colli Caerdydd ...

Haia, Gel.
Dy dad a finna'n rhedeg
yn hwyr heddiw.
Fish fingers a sglods
yn y rhewgell, rho nhw
yn y popty am 5:40.
Fydda i adra am 6.
Caru chdi xx
Digon o amser, felly.

... a wedyn, dyma Alun yn deud y bysa fo'n mynd i'r sinema efo Meg,
er bod o'n mynd allan efo Cari ers mis!
Swn i'n 'i dympio fo, 'de ...
Hei, sbia.
Gwen 'di nacw, ynde?
Ia 'fyd.

Hei,
weirdo!

Be ti moyn,
Heledd?
O, dim
byd,
jest 'di dod draw
i fusnesu ... Be
s'gen ti'n fama?
Hei!
Be sy?
Rho fe'n
ôl!

Ti isio i fi roi fo'n ôl?
'Na chdi syniad da ...
HAHAHA
HAHAHA

Chdi rŵan!
Ddylsa chdi ddim meindio ...
a chditha'n nofwraig MOR dda!

Roedd Non wastad yn dweud
fod pawb yn dda yn y bôn.
Sa i'n siŵr mod i'n cytuno erbyn hyn.

Be?!

fflip
fflop
clic
GWEN!
Lle ar y ddaear wyt ti 'di bod, madam?
Roeddwn i'n swp sâl yn poeni amdanat ti!
Sori, Mam.
Ti'n socian!
Be wnest di?
wnes i gwympo.
...
os ti'n dweud, pwdin.
Yli, dos i newid i rwbath cynnes – y peth ola' ti isio 'di annwyd, ynde.
Bydd te'n barod yn fuan.
Ocê.

Gwen?

Ga i ddod i mewn?
Cei.
Ti'n iawn pwdin?
Ydw.
Ti'n siŵr?
Wedodd Mam dy fod di wedi dod adre'n wlyb socian ...
Roeddwn i'n hel pethau ar gyfer y prosiect bioleg fory ... wnes i faglu ger y pyllau trai, dyna i gyd.
Mae 'na dipyn o waith baglu cyn gei di socsan fel 'na ...
Gest ti bob dim oeddet ti'n ceisio ffendio?
Do.
Da iawn.
A be am y nofio?
Sut aeth hynny?
Wnes i lanast ohoni.
Mae pawb yn yr ysgol yn meddwl mod i'n palu celwydd.
Aha ... diwrnod go wael, felly. Paid poeni.
...
Drycha, mae Mam yn gwneud swper nawr.
Bydd e'n barod cyn bo hir ...
...
Dere i lawr pan ti'n barod, ocê?
Pan ti'n teimlo'n well.
Ocê, Dad.

... dwi'n bwydo fo bob dydd am 8 o'r gloch
ac wedyn eto am 4.
Weithiau dwi'n darllen stori iddo fo ...
Pssst!
Be ti'n neud?
O ...
Dim byd.
Dyna sut dwi'n cadw Byrti'n fyw!
Grêt, diolch, Carwyn.
Dwi'm cweit yn siŵr fod pawb wedi deall y thema, 'byd natur'
– ond ta waeth.
Pwy sydd ganddon ni nesa 'ta? A ... Gwen!

Fi wedi bod yn ymchwilio pyllau trai gogledd Cymru. Er gwaetha'r môr oer a'r tywydd gwael,
mae'r pyllau'n llawn bywyd drwy'r flwyddyn.
Gallwch weld anemonis gleiniog,
crancod y traeth,
shanis ... a sawl rhywogaeth arall.

Dyma rai o'r creaduriaid o byllau trai Cricieth ...
Fel chi'n gallu gweld, mae 'na amrywiaeth fawr o rywogaethau,
a phob un wedi addasu'n berffaith i'w hamgylchedd.
Dyma ambell i ddarlun o'r creaduriaid eraill
SHANI
ANEMONI GLEINIOG
ANEMONIA VIRIDIS
CANCER PAGURUS
... doeddwn i ddim yn gallu dod â phopeth gyda fi i ddangos.
Gwych, Gwen!

O leia gwnaeth rhywun ddeall y dasg ...
Gest ti swim neis neithwr, Gwen?
Gad lonydd i fi, wnei di?
Am rŵd.
'Mond trio cynnal sgwrs ydw i.
Ddylsa chdi fod yn ddiolchgar. Does neb arall isio siarad efo chdi.
Joia dy benwythnos ... teacher's pet.

OI!

??
Fan hyn!
Hm ...
BW!
AAAaaa

...
ahahahahahaha ...
~AHAHAHAHAHAHAHA~
haha ...
sori ...
Haia!
...
Arianrhod dwi.

...
Hihi!
...
Be sy?
Ti'n fud neu rwbath?
Ym ...
na ...

Be 'di'r broblam 'ta?
Sgen ti ddim mannars neu rwbath?
Y ...
flin 'da fi.
Sa i'n ceisio bod yn rŵd ...
fi jyst wedi cael ofn, 'na i gyd.
A fi'n eitha siŵr mod i'n breuddwydio beth bynnag ...
Pam, dwad?
Wel ... y gynffon, i ddechrau ...
TWT
"Y gynffon"?!
Sgen ti ddim class, nagoes?

Ma'n ddrwg 'da fi ...
'sa i'n ceisio bod yn anghwrtais.
Gwen ydw i
nod *nod*
Neis i gwrdd â ti.
twt
Mhm.
Ti'm i fod i fynd â creaduriaid y môr o'u cynefin nhw, 'sdi.
O ... ma'n flin 'da fi.
Wnes i ddim meddwl y bydden nhw'n meindio.
Ia wel, ti'n dod o'r tir
— fedra i ddim disgwyl llawer gwell ...
Fi wedi rhoi nhw'n ôl nawr.
Wel.
Mae hynna'n gychwyn.

...
Be sydd 'da ti'n y fasged?
Ddim byd mawr, 'sdi, 'mond 'chydig o wymon a chregyn gleision i Martha ...
Pwy yw Martha?
Dim ond y cogydd gorau ar wely'r môr!
Be sgen ti'n dy fag di 'ta?
O ...
Llyfr lloffion ... roeddwn i wedi bwriadu gwneud ryw 'chydig o fraslunio.

Ti'n artist?!
...
FI HEFYD!
Wel, dylunwraig ffasiwn ydw i go iawn.
Am cŵl!
Sut wyt ti'n dylunio ar gyfer môr-forynion?
Ti isio gweld?
Wrth gwrs!
GRÊT!
Awê 'ta!
SBLASH

O ...
nawr?
Ia.
Ti'n dod?
'Sa i'n siŵr ...
Pam??
Fi sort of ...
ofn nofio.
BE?!
Nes i weld chdi'n nofio echddoe.
Roedd hynny'n wahanol!
O? Sut felly?
...
Ych. Stopia falu cregyn wir a jest ty'd.
Arianrhod, fi rili ddim moyn m—
Isht wir.
Aaaaa!!

Arianrhod, lle ydyn ni?
Cegin y palas.
Dwi jyst angen paratoi'r cregyn gleision i Martha.
Gewn ni fynd i fy stafell i wedyn. Ti awydd helpu fi i baratoi'r cregyn 'ma?
Ocê.

Martha!
Sut wyt ti, blodyn?
Gret!
Mae gen i lond basged o gregyn gleision i chdi.
Diolch, blod. A phwy ydi dy ffrind di?
...
Helô ... Gwen ydw i ...
neis cwrdd â chi ...
...
Ydw i'n dychmygu pethau?
...
Ti ddim wir wedi dod â tir-ddeiliad i fan hyn?!
ARIANRHOD!

Alli di ddim torri'r gyfraith jest am bod chdi'n dywysoges!
...
Pam ddim?
Dydi pobl y tir ddim yn beryglus.
Ma' nhw wedi colli eu hud ers oes.
Nid dyna'r pwynt ...
Be fysa dy rieni di'n dweud?!
Be 'dio bwys?
Dydyn nhw ddim yn talu sylw i fi beth bynnag.
...
...
...
Fi'n hapus i fynd adre.
Na!
Mae'n iawn, pwt.
Ti yma rŵan ... waeth i chdi aros am de ...
Ocê ...

Diolch am ddod â fi adre.
Iawn, siŵr.
Dwi'm isio i chdi fynd ar goll.
Ti am ddod draw eto?
Wel, fi moyn ...
ond sa i'n siŵr fydd Martha'n hapus ...
Ha! Fydd hi ddim callach!
Haha...
ia, ocê 'ta.
Pryd?
Penwythnos nesa?
Iawn!

3ydd o Fehefin
#1
ni wedi ENNILL!!
SWIISHH
Be sgen ti'n fama?

Waw, môr-forynion? Rili?
Pryd oedd y tro dwytha i chdi ddwdlo môr-forynion, Swyn?
Pfft
Haha.
Pan oeddwn i'n bump, ma' siŵr.
Rho fe'n ôl!
Ond mae o mor ddiddorol.
...
Mae dy ffrindia' dychmygol di jyst mor ciwt.
A ti'n dychmygu ennill rasys nofio hefyd ...
Fehefin
am drist ... wel, gei di freuddwydio am ddim, yn cei.
O, sbia!
Non
1
2
fi & Non
Oedd gen ti wir ffrind go iawn?
Pwy fysa'n meddwl?

Ooo. A roeddech chi'n nofio efo'ch gilydd.
Am ciwt. Cymryd piti drostat ti oedd hi, ia?
Rho fe'n ôl, Heledd!
A lle mae hi rŵan?
Sylwi pa mor pathetic wyt ti wnaeth hi?
Na ...
mae hi
wedi marw.
...
...
...

paratoi
#1
ni wedi ENNILL!!
Non
3
1
2

Wow, mêt!
Be ti'n 'neud?
Siawns bod chdi'n gwybod i beidio taflu stwff i'r môr?
O ... Be sy'n bod?
Hei, be ddigwyddodd?
Ti isio siarad?
Ga i ddod i aros 'da ti?
Cei ond ...
mi fydd raid i ni osgoi Martha. Mae hi dal yn flin.
Mae hynna'n ocê ... sa i moyn gweld neb, rili.
Ocê ta ... pam lai – rŵan?
Ie plis.

Waw!
Dyma dy ystafell wely di?!
Ia!
Mae 'na fanteision i fod yn dywysoges.
Yn amlwg ...
Waw
... chdi wnaeth y rhain i gyd?

Ia.
Mae nhw'n anhygoel.
Dwn i ddim am hynna, chwaith.
Na wir! Ti mor dalentog.
Diolch!
Be amdanat ti?
Hwn 'di'r llyfr braslunio?
Wel ... Ia a nage. Llyfr lloffion yw e.
Ga i weld?
Ocê.

Picnic efo Non
3ydd o Fehefin
ni wedi ENNILL!!
#1
5ed o Awst
BANNAU BRYCHEINIOG
dad
er cof annwyl am
NON WILLIAMS
...
Be ddigwyddodd?
Fe wnaeth hi foddi.
O ... dwi'n sori.
Diolch.

Dyna pam bo' chdi'n crio?
Wel ... ie a nage.
Be sydd, 'ta?
Fi jyst ddim yn ffitio mewn yma ...
does neb yn hoffi fi.
Wyt ti'n lecio nhw?
Wel ... na.
Dyna chdi, felly. Rhyngthyn nhw a'u potas.
Jest caria di 'mlaen.
Ti'n gwneud iddo fe swnio mor syml.
Mae o YN syml!
A beth bynnag, dwi'n licio chdi.
Dwi 'di bod isio ffrind creadigol ers oes!
Mae pawb yn meddwl bod fi'n boncyrs.
...
Mae pawb yn meddwl bod fi'n boncyrs hefyd.
Dyna chdi 'ta, 'dan ni'n berffaith i'n gilydd!
Gewn ni fod yn boncyrs efo'n gilydd!
Haha ... iawn 'te.
Iei!
Ond a bod yn onast, dwi'm yn meddwl bod o'n syniad da i chdi aros yn fama am byth, 'sdi.

Ie, ti'n iawn.
Awn ni â chdi adra, ia?
Ocê.
GWEN!
GWEN!
O na! Arianrhod, mae'n rhaid i chdi guddio!
Wel, mae 'na rywun yn chwilio amdanat ti ...
GWEN! GWEN!
Dyyy. Dwi'm yn dwp.

SBLASH
...
Cyfarfod fi yma, 'run pryd wsnos nesa, ocê?
Ond –
Jest ty'd!
...
GWEN!
GWEN!
GWEN!
Lle ar y ddaear wyt ti 'di bod?!
ar ôl popeth ddigwyddodd efo Non ... paid â dychryn ni fel 'na.
Mae'n iawn, blodyn. Jyst gaddo wnei di ddim gwneud hyn byth eto ...
Sori, Mam.
Roedden ni'n swp sâl ...
Wna i ddim, fi'n addo ...

Waw, Gwen!
Croeso i'r tîm!
– record!

Y BILIDOW
MERCH LEOL AR GOLL:
Hmmm.
O'r diwedd.